Für meinen Freund Blitz
und die Menschen, die mein Leben bunt machen.

AF238535

 **Nino Kerl** ist erfolgreicher Autor, Moderator und Content Creator. Als Ninotaku begeistert er auf seinen Kanälen über eine halbe Million Menschen mit seinen Inhalten rund um Anime und Popkultur. Seit seiner Kindheit liebt er es, sich Geschichten auszudenken. Mit »Die Legende vom Regenbogenmann« erzählt er nach »Der Mond hat Angst im Dunkeln« nun seine zweite Geschichte für Kinder.

Sarah-Lisa Hleb, geboren 1988 in Klagenfurt in Österreich, liebt das Zeichnen, seit sie ein kleines Kind war. Nach einem BWL-Studium arbeitete sie ein paar Jahre in einer Werbeagentur. Heute ist sie freie Illustratorin und zeichnet am liebsten lustige Charaktere und süße Tiere.

ISBN 978-3-96096-303-5

Die Legende vom Regenbogenmann

 **MIX** Papier | Fördert gute Waldnutzung FSC® C109273

 **Klimaneutral** Druckprodukt ClimatePartner.com/20273-2310-1014

1. Auflage

© 2024 Community Editions GmbH, Weyerstraße 88-90, 50676 Köln

Alle Rechte der Verbreitung, auch durch Film, Funk, Fernsehen, fotomechanische Wiedergabe, Tonträger aller Art, auszugsweisen Nachdruck oder Einspeicherung und Rückgewinnung in Datenverarbeitungsanlagen aller Art, sind vorbehalten. Vervielfältigungen dieses Werkes für das Text- und Data-Mining bleiben vorbehalten.

Die Inhalte dieses Buches sind von Autor und Verlag sorgfältig erwogen und geprüft, dennoch kann eine Garantie nicht übernommen werden. Eine Haftung von Autor und Verlag für Personen-, Sach- und Vermögensschäden ist ausgeschlossen.

Text: © Nino Kerl
Satz: Joachim Buhmann
Projektleitung & Redaktion: Johanna Bachmann
Illustration: © Sarah-Lisa Hleb
Foto Impressum: © Mario Macellaio

Gesetzt aus der Massilia von © Matthieu Salvaggio und der Active von © Adam Ladd.

Gesamtherstellung: Community Editions GmbH

ISBN 978-3-96096-350-9

Druck: Druk Intro, ul. Świętokrzyska 32, 88-100 Inowrocław, Polen
Printed in Poland

www.community-editions.de

Nino Kerl
Illustrationen von Sarah-Lisa Hleb

DIE LEGENDE VOM
REGENBOGENMANN

In Wolkenbruch regnete es. So wie häufig. So wie meistens. Also so wie eigentlich immer. Es regnete wirklich ständig in dem Örtchen. Tagein, tagaus.

Es regnete im Frühling. Es regnete im Sommer. Und es regnete im Herbst. Nur im Winter regnete es nicht ganz so oft, weil es dann zu kalt für die Regentropfen war und sie als Schneeflocken aus dem Himmel hüpften.

Ja, Wolkenbruch machte seinem Namen wahrlich alle Ehre. Das Wetter war grässlich. Einfach grässlich.

Und da die meisten Menschen grässliches Wetter nicht leiden können,
hatte die Ortschaft nur wenige Bewohnerinnen und Bewohner.

Das Ehepaar Schauer und ihren
Dackel Tröpfchen zum Beispiel.

Familie Niederschlag mit ihren
ständig schlecht gelaunten Zwillingen
Graupel und Hagel, ...

... die Gebrüder Bindfaden von
der »Schreinerei Regenwald« ...

... und Herrn Niesel, den Eigentümer
des Restaurants »Zur Wassermelone«
im Pfützenpfad.

Meist blieb seine Küche kalt, denn es gab keine Gäste
zu bewirten. Wer wollte schon bei einem derartigen
Schmuddelwetter das Haus verlassen?

Und dann gab es da noch Antonio und Vivaldi. Die beiden wohnten in einem beschaulichen Häuschen im Wasserfallweg. Vivaldi war ein kleiner Vogel. Jedoch nicht etwa ein Wellensittich oder ein Kanarienvogel, sondern ein Spatz. Und weil Spatzen nun mal nicht in Käfigen leben, segelte der kleine Kerl stets in federleichter Freiheit durch sein Zuhause. Oder er machte es sich auf der Fensterbank bequem und sang seine Lieder in das immerwährende Plätschern des Regens.

Die meiste Zeit jedoch saß Vivaldi auf Antonios Schulter, um seinem Freund gebannt bei dessen Tagwerk zu-zusehen und es zu bejubeln. Mit ausgelassenem Zwitschern und Pfeifen. Und mit Worten.

Ja, wirklich – Vivaldi konnte sprechen! Ein wahrlich besonderer Vogel, nicht wahr?

»Brillant, Antonio, brillant, tschilp, tschilp!«, trällerte Vivaldi immerzu.

Antonio war Künstler. Maler, um genau zu sein. Mit Farben und Fantasie schmückte er jedes Blatt, jede Leinwand und jede freie Stelle, die er nur finden konnte. Er bemalte sogar die Wände und Möbel, ja selbst die Decke und den Fußboden seines Heims.

Er kritzelte auf Servietten ...

... und kleckste auf Speisekarten
(was Herrn Niesel nie sonderlich amüsierte).

Er pinselte, er tupfte, er zeichnete.

Und er liebte es.
Und Vivaldi liebte es auch.

Doch eines Tages war kein Platz mehr.

Es war alles verziert. Wirklich alles. Jeder Millimeter in Wolkenbruch, jedes noch so kleine Fleckchen. Antonios Kunst endete. Und mit seiner Kunst endete auch sein Lachen.

»Vivaldi, mein lieber Vivaldi, es ist kein Platz mehr! Was soll jetzt nur werden?«, fragte Antonio verzweifelt. Tränen fielen aus seinem Gesicht, wie der Regen aus dem Himmel über Wolkenbruch, und sie spülten sämtliche Heiterkeit davon.

Doch da kam Antonios fliegendem Freund eine prächtige Idee.

Aufgeregt zwitscherte Vivaldi: »Es gibt noch Platz, Antonio! Reichlich Platz. Tschilp, tschilp!« Der Maler wischte sich die Wangen trocken, zog einmal saftig die Nase hoch und fragte völlig verdutzt: »Wie meinst du das, Vivaldi? Wo soll dieser Platz nur sein?«

Der kleine Spatz breitete seine Flügel aus, eilte durch das geöffnete Fenster in den Himmel hinauf und rief: »Hier oben, Antonio! Sieh doch nur! Eine Leinwand. Eine riesige Leinwand! Tschilp, tschilp!«

Antonios Augen blitzten so grell wie ein Frühlingsgewitter.

»Aber natürlich! Der Himmel! Ich bemale den Himmel!«,
donnerte es in einem lautstarken Lachen aus seinem Mund.

»Doch wie stelle ich es an? Wie komme ich nur dort hinauf?«, grübelte Antonio. »Schließlich bin ich kein Vogel, so wie du, Vivaldi.« Und sein gefiederter Gefährte grübelte mit.

Mit einem Mal platzte es aus Antonio heraus: »Aber natürlich! Das ist die Idee!«

»Tschilp, tschilp?«, tschilpte Vivaldi verwundert.

Stürmisch flitzte der Maler von der Stube in die Werkstatt, wühlte dort eine Weile rastlos herum und kehrte schließlich zurück. Unter seinem rechten Arm klemmte eine Staffelei. Unter seinem linken eine weitere.

Von diesen Holz-gestellen besaß Antonio schier unzählige. Wahr-haftig unzählige.

Rasch stapelte er sie aufeinander. Noch bevor Vivaldi fragen konnte, was Antonio damit vorhabe, schleppte der Künstler zwei weitere Gestelle heran. Und noch zwei. Und noch zwei. So lange, bis er einen riesigen Staffelei-Stapel aufgetürmt hatte. Während Vivaldi in atemloser Spannung über dem Holzhaufen hin- und herflatterte, zerlegte Antonio die verschraubten Sprossen in etliche Einzelteile und baute daraus ...

»Eine Leiter! Eine Leiter!«, trällerte Vivaldi.
»Brillant, Antonio, brillant, tschilp, tschilp!«

Eine Leiter. Eine gigantische Leiter.
Die größte Leiter, die die Welt jemals
gesehen hatte. Antonio zerrte sie aus
dem Haus, lehnte sie gegen eine Wolke
und stieg in den Himmel.

Hoch hinauf in den Himmel
über dem Örtchen Wolken-
bruch, wo es – natürlich –
regnete. So wie häufig. So
wie meistens. Also so wie
eigentlich immer.

Oben angekommen, tauchte Antonio
einen Pinsel in den Regen und öffnete
seinen Wasserfarbkasten – so verzückt,
als wäre er eine Schatztruhe voller
bunter Münzen.

Und dann bemalte Antonio den Himmel.
Er malte und malte. Und er liebte es.
Und Vivaldi liebte es auch. Wie einen
Taktstock schwang Antonio den Pinsel
zu Vivaldis Gesang.

Im Zusammenspiel mit der Leiter glich das Gemälde einem
riesenhaften Regenschirm. Da wurde es dem grauen
Wetter zu bunt und der Regen schlich sich leise aus
dem Himmel, während die Bewohner von
Wolkenbruch aus ihren Häusern eilten,
um Antonios Bild zu bestaunen.

Alle waren gekommen – und
alle waren glücklich.

Und dann, zum allerersten Mal in der Geschichte Wolkenbruchs, sprang sogar die Sonne in den Himmel, um Antonios Kunstwerk zu bewundern. Und mit der Sonne kehrte auch das Leben zurück in das einst so verlassene Örtchen. Alle strahlten.

Doch was wurde aus Antonio und Vivaldi? Nun, seit diesem Tag bereisen die beiden die Welt.

Und überall dort, wo es zu viel regnet, stellen sie ihre Leiter auf und bemalen den Himmel. Mit einem Regenbogen.

So erzählt man sich seit jeher die Legende vom Regenbogenmann.